DATE DUE

FEB 28 2004			
SEP 22 2009			
OCT 19 2013			
SEP 16 2014			

Primera edición: abril, 2001
Tercera edición: julio, 2003

Coordinación: M.ª Carmen Díaz-Villarejo

Título original: *I Don't Want to Go to Hospital*
Traducción del inglés: P. Rozarena

Publicado por primera vez en Gran Bretaña por Andersen Press, Ltd., 2000

© Del texto y las ilustraciones: Tony Ross, 2000
© Ediciones SM, 2001
   Impresores, 15
   Urbanización Prado del Espino
   28660 Boadilla del Monte (Madrid)

ISBN: 84-348-7752-X
Depósito legal: M-28708-2003
Impreso en España / *Printed in Spain*
Imprenta: RAIZ TG, SL - Gamonal, 19 - 28031 Madrid

No quiero ir al hospital

Tony Ross

 ediciones sm

Joaquín Turina, 39 28044 Madrid

—¡Ay, ay, ay, aaayyy...! —se quejaba la princesa—.
¡Me duele la nariz!

—TIENES UN PEQUEÑO BULTO —DIJO LA DOCTORA.

—¡YO SE LO QUITO! —INTERVINO EL GENERAL
SACANDO SU ESPADA.

—No —dijo la doctora—, no se le puede quitar así. Su Alteza tiene que ir al hospital.

—¡NO QUIERO! —PROTESTÓ LA PRINCESA—.
¡NO QUIERO IR AL HOSPITAL!

—ESTARÁS BIEN EN EL HOSPITAL
—ASEGURÓ LA DOCTORA—. TE DARÁN CARAMELOS,
CUENTOS Y JUGUETES.

—NO QUIERO IR —INSISTIÓ LA PRINCESA.

—TE GUSTARÁ EL HOSPITAL —DIJO LA REINA,
QUE YA HABÍA ESTADO ALLÍ.

—NO QUIERO IR —REPITIÓ LA PRINCESA.

—ALLÍ VAS A HACER UN MONTÓN
DE AMIGOS NUEVOS —LE DIJO EL PRIMER MINISTRO.

—¡QUE NO! NO QUIERO IR AL HOSPITAL
—GRITÓ LA PRINCESA, Y SALIÓ CORRIENDO
DE LA HABITACIÓN.

—¿DÓNDE ESTÁ LA PRINCESA? —PREGUNTÓ LA REINA—.
ES HORA DE MARCHARNOS.

—Pues en su habitación no está
—dijo la doncella.

—Y TAMPOCO ESTÁ EN EL CUBO DE LA BASURA
—INFORMÓ EL COCINERO.

—Ni en ninguno de mis barcos
—afirmó el almirante.

—Ni en el tejado —dijo el jardinero.

—¡AQUÍ ESTÁ! —ANUNCIÓ EL REY.
—¡YO NO QUIERO IR AL HOSPITAL!
—REPITIÓ LA PRINCESA.

PERO LA PRINCESA TENÍA QUE IR AL HOSPITAL,
Y FUE.

Y LE QUITARON EL BULTITO DE LA NARIZ.

—AHORA QUE YA ESTÁS MEJOR —DIJO LA REINA—,
PODRÍAS LAVARTE LOS DIENTES, PEINARTE UN POCO...

... PONER UN POCO DE ORDEN EN TU HABITACIÓN Y...

—¡No! —SE ENFURRUÑÓ LA PRINCESA—...

... ¡AHORA QUIERO QUE ME QUITEN LAS AMÍGDALAS!

—¿POR QUÉ? —SE ASOMBRÓ LA REINA.

—PORQUE QUIERO VOLVER AL HOSPITAL
—CONTESTÓ LA PRINCESA—...

... Porque allí me trataron como a una princesa.